AF483039

IDYLLES,

OU

ESSAIS

DE

POËSIE CRÉOLE.

⦿⦿⦿⦿⦿⦿⦿⦿

PAR UN COLON DE S.ᵗ DOMINGUE.

⦿⦿⦿⦿⦿⦿⦿⦿

COMBARIEU, IMPRIMEUR DE LA PRÉFECTURE.

1821.

DE LA
LANGUE CRÉOLE.

La Langue Créole est une espèce de jargon que parlent généralement les Nègres, les Créols, et la plupart des Colons de nos îles de l'Amérique. C'est un Français corrompu, abâtardi, mais approprié à des organes plus doux, et où l'on fait disparaître, par de fréquentes élisions, par diverses modifications, et surtout par des transpositions continuelles, les sons trop rudes des consonnes et les fortes articulations. Cette langue a, par conséquent, une infinité de *mignardises*, une extrême douceur, qui la rendent propre à exprimer avec délicatesse, et surtout avec une certaine naïveté, les sentimens de l'amour, dans le caractère que prend cette passion chez les sensuels et voluptueux habitans de la Zone Torride. Elle peut même être considérée comme très-chaste à leur égard : la pudeur, dans ces climats brûlans, s'y couvrant d'un voile plus léger, accoutume les regards et la pensée à une transparence qui décèle et embellit les formes de la nature, mais qui ne fait pas rougir.

La langue créole est cependant peu propre à la poésie. Les transpositions qu'elle a adoptées y ramènent fréquemment un choc de voyelles que le poëte ne pourrait éviter que par de nouvelles transpositions qui dénatureraient le langage en même tems qu'elles le rendraient plus poétique Par exemple : *Mo aimé vous* est une construction

Créole consacrée qu'on ne peut changer, malgré le *hiatus* qui s'y rencontre; et comme le verbe *aimer*, ainsi que tous ceux qui commencent par une voyelle, sont toujours précédés des pronoms *mo, li, io*; *mo aimé vous li aimé vous, li aimé vous, io aimé vous, etc.* il faut nécessairement le proscrire de la poësie, quoique le sentiment délicieux qu'il exprime l'y rappelle si souvent.

Ces difficultés, dont je n'indique qu'une partie, pour ne pas entrer dans une analyse grammaticale de la langue Créole, ont sans doute arrêté les jeunes Colons qui se sentaient du talent pour la poësie; et quoiqu'il soit si doux de s'exprimer en Créol vis-à-vis de l'objet que l'on aime, aucun poëte, que je sache, n'a chanté ses amours et sa maîtresse dans cette langue.

Il se présentait encore une autre difficulté; c'est celle de saisir les finesses d'expression qui appartiennent bien plus au génie particulier des Créols qu'au génie de la langue elle-même; de soutenir ce langage figuré, ces métaphores continuelles qui laissent presque toujours la pensée à deviner, sous une enveloppe piquante et souvent ingénieuse; de prêter à ses personnages le costume qui leur convient, les idées qui leur sont familières; de peindre, avec des couleurs ressemblantes, et leurs sensations habituelles, et les passions qui les caractérisent.

J'en ai trop dit sans doute, pour ne pas me faire accuser de témérité, dans l'offre que je fais aujourd'hui aux Colons, d'un petit recueil de poësies créoles: aussi je ne les leur présente que comme un essai, et en réclamant leur indulgence,

IDYLLE I.

Cé l'aut' aprédémain to doi vini, Lucile!
Ahd-ié! mo gagn' encor quat' jour pour langui.
Tout temps mo doi resté san voir toi dans la ville.
Mo t'a voudrai pouvoir passé li dan droumi.

Jour lá to doi rivé m'a sorti dans la plaine;
M'a vini ver lá soir contré toi dans chimin!
Si to plitôt rendi, tendre moi dan fontaine;
Chinta petit moment enba pié jansémin.

Cé lá mo té voir toi primier fói dan la vie;
To té ba moi bouquet, mo ba toi gnon baisé;
Gnon l'aut' fleur encor mo té gagñe l'envie;
Mo pa té nose dir... peur to va refusé...

Qui ça li té fair lá commére toi Rémonde?
Cofair li suivre nous quan nous t' alé dan boi?
Aïh! vié monde toujour conné nuir jeuné monde:
To pa té voir gié li quan li té gardé moi?

Gnon l'aut' choyé encor mo té gagné pour diré;
Aniq' gié moi tissol qui té capab' parlé:
Cé parole qui douss m'ai, qui causé martire
Jouq' tan m'alé di toi, jouq' tan t'alé conné.

6

IDYLLE II.

ZERBIN et LUCILE.

ZERBIN.

Qui miracl', grand-ié, que mo voir vou jord'hi?
Mo pa té cre vou va discendre encore.
Mo ben vini promené coté-ci...
Mai vou pa voir petite Laure?

LUCILE.

O O! Cé moi que gardé li?
Peut-ét' bén li va lá tit-á-l'hore,
Si vou ba li gnon rendé vou?

ZERBIN.

O non; mai l'aut' soir mo t'apré tendre voit,
Li té vini cherché d'io dan fontaine...

LUCILE.

Li doi ba vou bouquet, car quoir-li pa cruel?
Mo tá bén ba vou gnon, mai jord'hi que la peine!
Peut-ét' dan gié vou queli p'alé si bel...

ZERBIN.

Comment, zami, to peuti craire
Qui mo capab' aimé gnon aut' passé toi?
Pour que mo té senti Laurette couné plaire,

Faudrai mo pa té voir grié lá qui brûlé moi.
Mai bouche toi mantor, quior toi di le contraire.
Laissé moi puni-li... (*Il l'embrasse.*)

LUCILE.

Aïh! qui ça v'apré faire?
Causé plitôt; di moi ça vou té v'lé di?

ZERBIN.

Tô pa conné Lucile!... Ahd-ié! Di moi pour qui
Quior moi batt' si fort quan mo bo toi dan bouche?
Bà moi gnon l'aut' encor; pourqui to si farouche?
Esque to gagnè peur mo v'lé trompé toi?

LUCILE.

Non... si maman conné li va trop grondé moi.
Gardé! Collié cassé! Li pa rété gnon graine.
Aïh! mo vini jord'hi cé pour cherché la peine;
Io va dir cé conné moi conné vou dan boi.

ZERBIN.

Fau don moi 'lé Lucile? Et ça mo v'lé dire?

LUCILE.

Aïh! mo conné dijá. Mai.. li pa 'lé suffire
Que vou demandé moi... Quan fait-y moi v'lé..
Vou conné...cé maman que vou té doi doi parlé.

ZERBIN.

Parlé maman! Ahd-ié; cé bout zafaire!
Non, mo pa 'lé capab'; plitôt plitôt mouri.

Mai si to t'aimé moi , ça vati nécessaire ;
Is que nou voir raison quan quior mandé joui ?

LUCILE.

Ah ! si vou té conné...

ZERBIN.

Mo conné tout martire
Que vou cherché ba moi. Pl'tôt vou té doi dire
Que vou pa prend tourment pour ça m'apré souffri,
Que vou pas souchié moi... Mai mo voir li, Lucile,
Ton ça m'apré di vou cé parole inutile :
Malé. Peut-êt' bén pour gnon l'aut' amoureux
Que vou pa 'lé si difficile.

LUCILE.

Comment gnon l'aut' pa plus hureux ?
Mo pa conné personne dans la ville ;
Cé vou tissal...

ZERBIN.

Cé pour moi vous vini ?
Et cependant vou laissé moi parti
San vou ba moi seulement gnon promesse.
Agnén pas touché vou , parole ni caresse :
Quior vou dur trop, li pa senti l'amour.
Promet' moi vou va ba moi gnon jour,...
Ou ben, Zami, m'a mouri de tristesse...

LUCILE. (*S'appuyant la main sur le cœur.*)

Si vou té voir ça qui passé là dan,
Vou pa 'lé dir quior moi dur ni farouche.

Ça vou v'lé, io doi toujour paix-bouche
Quand io dépendre sa maman.

ZERBIN.

Quior-vou pour li? Ca pa vou qui maitresse
Baï cilàlà qui faire vou plaisi?
Bond-ié bà vou quior pour gagné tendresse,
  Li ba vou gié pour vous choisi....

LUCILE.

Choi moï tout fait si maman consenti.
Tanseulement, si vou té parlé-li?...

ZERBIN.

Non, moï di vou, non mo pa 'lé capable;
Tou cé maman pa jamai raisonablé :
Si li di non!... m'a mouri surement...

LUCILE.

Ahd-ié! ça pas vou gnon li va rend' miserable
Mai si li di vou non... di li v'a toujour prend...

IDYLLE III.

Dax cay-moi ça to té vini faire!
Bond-ié, pour qui Mélanie hélé toi!
Mo té bén di, cé pour gagné misére;
Dampui jour là to trop chagriné moi.

Gié-moi partout io suivre toi dans caye;
Si to parlé toujour m' apré 'couté :
Tan ça to fai baï Mamsél l'embraye,
Tan ça to di fai quior-moi 'pré sauté...

Si to vini quand moi gnon dans la Salle,
Sitôt li lá pour tendé ça nous di.
Li bén conné çaça ié gnon rivale,
Et bel gié toi doi faire-li frémi...

Li pa v'lé baï monde à connaitre,
Mai mo béeu sur li té voudré caché
Ca malgré toi mouchoir laissé paraitre,
Et que gié moi toujour conné cherdhé.

Ahd-ié, Zami, cé gnou tro gran contrainte;
Allé plitôt ; nou và toujour contré :
Ca mo senti mo va dir-li san crainte,
Ca to caché to va eapab' montré.

Mai ça moi di! non, n'a pa 'lé Louloute;
Si to parti gié moi va trop crié.
Tan comme moi to doi souffri san doute;
Mai guon instant peu faire tout 'blié.

Guêté moment Mamsél allé la messe;
Guêté moment tout monde apré filé :
Ca io volor avec un peu d'adresse
Vau passé ça io prend qu'on io v'lé.

IDYLLE IV.

MOZYRE et LOULOUTE.

MOZYRE.

Qui ça to di ?.... Mo pa capab' craire
Parole-là sorti dan bouchi toi.
Comment, Zami, malgré tout çà moi faire,
To di comça que to pa 'lé ba moi ?.....

LOULOUTE.

Ahdiè ! Mouché, vou fai moi trop la peîne !
Io pa jamaï voir gnon choye comça :
Vou pa conué Mamsél cé Marraine ?....
Travail Cilà ça pa travail....

MOZYRE.

              haba !
T'apré joué ; tout ça cé gnon vié conto.
Es que to peur batême là gâté ?
To va bén dup' si to v'lé 'couté
Tout ça io di pour ba toi mauvai honte.
To pa conné tout cé Marraine là
    Coutumé fair leurs embarra
    Côté Filleul', côté Commère,
    Parce que io pa gan' pour plairè
    Ca jeune fie peu gagné.

LOULOUTE.

Ça pa li que mo doi craigné ?
Qui monde encor....

MOZYRE.

To fé la Sage !
Ça to va faire quan t'a vié ?
Laisse là tout ce radotage ;
Quan io jeun' com' toi, quan io gagné bel gié,
Io doi quièmbé l'aut' langage.

LOULOUTE.

Mo pa gnon bel, mo conné ça mo-ié ;
Mo conné-tou çà mo gagné pour faire ;
Mo pa v'lé cherché misére :
Ça io va dir si io conné
Que mo vini vou détourné
Côté cilà...

MOZYRE.

To bien peureuse !
Qui cilà qui va soupçonné
Que mo prend toi pour amoureuse ?
N'a point personne qui voir nous.
Fau pa comça faire la scrupuleuse.
Es que to pa 'lé plus heureuse
Que mo prend toi plitôt qu'un vié jaloux
Qui va toujour gagné mine boudeuse ?

LOULOUTE.

Mo t'a prend vou , si ça pa té péché

MOZYRE.

Astore là to faire la dévote !
Ma foi , Bond-ié va bén souchié
Si to vini sa matelote !
Mai d'abord que to fé la sote,
Conte caba : n'a pas jamai cherché...

LOULOUTE.

Ahd-ié , Mouché ! Vou pa té doi faché,
Tendre plitôt Mamsél allé la plaine.
M'a 'suré vou...

MOZYRE.

Mo doi conté sur toi ?
Ça va bén sur ça te promettre moi ?....

LOULOUTE.

Oui, mo di vous...

MOZYRE.

Juré-li...

LOULOUTE.

Croux Marraine !....

IDYLLE V.

A BAGOÉ.

Ça pas baisé mo prend sur bouche toi ;
Cé douss sirop, cé miel, cé suc la rose,
Et cependent li gagné l'aut' chose
Qui douss encore passé ça to ba moi...

Baisé cilà pa 'lé jamai suffire ;
Quior moi plifort tourmenté dan désir :
Dan ça to baï plaisi tourné martire,
Dan ça mo di.... douleur tourné plaisir.»

LE DÉPART.

IDYLLE VI.

Ahd-ié, Zami, vous-quitté Généviève !....
Vou va parti ! Qui quan vou va tourné !....
Ca vou di moi li semblé moi gnon rêve ;
Mo pa sa crair cé moi vou 'bandonné.

Tout temps vou loin ça mo capab' faire ?
Bel jour passé ; tour vini pour crié :
Bonheur à moi jord'hi tourné misère ;
Dan quoir à vou peut'-ét' mo va 'blié....»

Songé Zeïla (*) , songé tendre caresse;
Songé plaisi nou té coutumé prend ;
N'a pa jamai fair gnon autre maîtresse ;
Gnon pa gan quior pour aimé vou si tant.

Ah ! quand-fait-y von té doi dan voyage
Rété dix ans san vou tourné vini ,
Vou va toujonr retrouvé moi si sage
Que mo té-ié quan vou té coté-ci.

L'or pa jamai troublé moi la cervelle;
Cè l'amitié qui vini nous cordé.
Bonheur à moi cé dan rété fidelle;
Plaisi v'lé ça raison commandé...

REPONSE.

IDYLLE VII.

AHD-IE, Zami, n'a pa di gnon parole;
N'a pa parlé ! Tan pri caché gié toi...
Mo trop chagrin ; tête à moi vini folle;
M'apré mouri ! Ménagé quior à moi....

____

(*) *Petite à li.*

Tout temps mo loin ... ça va tourment terrible,
To pa 'lé gnou dan souffi , dan crié.
Non, mo pa croir li va jamai possible
Que dan quior moi Génevieve a'blié.

Qui l'aut' encor li va ba moi caresse?
Ou t-v m'a prend l'aut' gié pour voir-li?
Depui temps-la to gagné ma tendresse
Cé pour toi gnon io coutumé l'onvri.

Ca pa longtemps mo resté dan voyage ;
Cila mouri qui pa sa respiré :
Fau gnon poisson dan d'io tourné la nage ;
Fau gnon Zoizo dan boi tourné volé.

Io peu quitté gnon maîtresse volage,
Io peu changé quan li pa charmé nous ;
Mai cilalà qui bel et pui qui sage
Dan chaine à li doi toujour quiémbé vous.